왜 그러고 다녀

왜 그러고 다녀

사진 :: 오현석
글 :: 南風 박석준

몽트

차례

첫 번째 이야기

두 번 째 이야기

세 번 째 이야기

첫 번째 이야기

살기 위해 걷고
한 걸음 더 걷기 위해 찍은 사진 위에
재밌게 살려고 끼적인 글

왜 그러고 다녀

얼마나 살겠다고 그러고 다녀
일을 끝내고 차에 탄 아내가 말했다.
칠십을 넘긴 누님은
몸이 힘들어도 재미있어 다닌다고 했다.

수다 떨러 가고, 잘난 척하러 다닌다고
아내는 바가질 긁어 댔다.
그러거나 말거나
재미있어 가고
재밌게 살려고 나간다.

할미꽃

세상에서 제일 이쁜 꽃은
할머니 꽃
손자가 말했다.
그래, 할미꽃이다.
세상 어디에도 할아비 꽃은 없다.
수놈은 불쌍하다.

고추와 피망

매운맛이 싫다는 사람 때문에
매운 놈이라고 욕먹기 싫어
한때 피망처럼 살려고 했다.
매운맛만 없애면
여기저기 쓰이는 줄 알았다.
고추가 맵지 않으면
피망보다 쓰임새가 적다는 것을
미처 알지 못했다.
고추는 고추답게 매워야 한다는 말에
생긴 모양대로 살기로 했다.
맵기만 하면 환영받지 못할 거란 두려움 때문에
파프리카 색깔로 숨기고 싶었다.
시간이 흐르고, 때가 되면
파프리카보다 더한 빨강 색이 드러나고
매운맛도 덜어져 쓰임새가 많다는 것을
머리가 센 이제야 알았다.

눈물

눈물 흘려
너처럼 독한 놈도
할아버지 되어봐라
찬바람에 콧물 나듯
눈물이 난다.

생각의 등대

그해 가을
자신의 의견을 표현할 수 없던 암울한 때에
용기 있는 기자들이 자유언론실천을 선언했다.
배운 대로 돌아가지 않는 사회에 분노하고,
숨죽이고 살아갈 수밖에 없는 세상을 한탄하던 시절이었다.
광고 없는 신문이 배달되고
다양한 시민의 의견이 빈 광고란을 채우기 시작했다.
거기에 실린 글들이 세상 보는 눈을 뜨게 하고,
그때 만난 책들이 생각의 등대가 되어
나를 감쌌던 껍데기를 깨뜨렸다.

제발

스크린에 나타난 발은
병상에 누워 있는 손자의 외로운 발이었다.
진저리치는 아픔 때문에
꼭꼭 숨겨 놨던 기억이었다.

늘어진 손을 잡고
이름을 나지막이 불렀다.
아기 눈가에 작은 이슬이 흘러내렸다.
울대 넘어 숨이 턱 막혔다.
제발

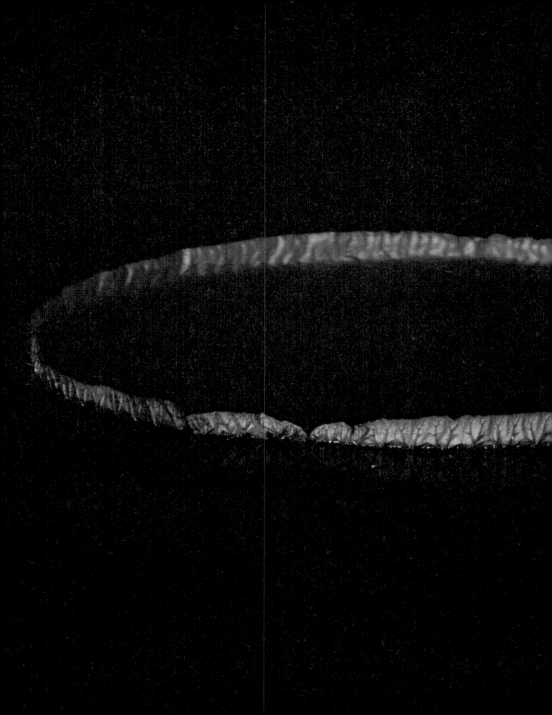

아버지

내가 쓴 마지막 몇 줄을 남겨두고 더는 읽지 못했다.
숨을 돌리고 눈을 껌벅거리고 나서도 입을 떼지 못했다.
글쓰기 강사의 눈을 피할수록
아린 감정이 삼부연 폭포수처럼 쏟아져 내렸다.
끝내 내뱉지 못한 문장 속 첫 단어는 아버지였다.

잠자는 손자를 바라보다 더는 볼 수 없었다.
얼굴을 돌리고 눈을 비벼대고 나서도 눈길을 줄 수 없었다.
아버지보다 더 오래 살고 있다는 사실에 목이 메었다.
끝내 외면한 손자 얼굴에서 내가 본 것은
나 보다 젊은 아버지였다.

복수

그 아비는 금수만도 못한 인간이었다.
객지에 나와 얻은 자식을 내버린,
호적에만 올라가 있던 아비였다.
작은 집 자식이라고,
천륜을 끊어버리고 사라진 사람이었다.
호적에서 부(父)를 파내 버리고 온 날
그는 웃었다.
깊게 난 상처는 그대로인 채
자기 손으로 한 마지막 복수였다.

괭이부리말

일사 후퇴 때 외가가 피난 나와 살던 곳
내 출생지가 되고, 본적지가 되었다.
목숨 부지하러 내려온 사람들에겐 그마저 다행인 곳
판자를 이어 만든 공동변소와 자물쇠 달린 공동수도가 있었다.
그곳을 벗어나면 호강이고, 떠나면 출셋길이었다.
엄마 품에 안겨 거길 떠나 강원도에서 십 년을 살았다.
눈이 부시게 맑은 가을날
엄마 손에 이끌려 다시 돌아왔다.
순담계곡의 맑은 물과 삼부연 폭포의 굉음은
화수부두 회색 개펄에 묻혀버리고,
길에 떨어진 밀을 빨아 만든
수제비의 까끌까끌함이 자리를 차지했다.

개건너

소금밭 지나 갯골 건너편 개건너에
인천교가 놓였다.
이 땅에 처음 생긴 염전을 가로질러
고속도로도 생겼다.

번지기 나루터 지나
황톳길 고개 너머 내 동네 능안부락도
불도저에 밀려
원목 더미 아래 묻혔다.

신천리

소래읍이요
인천 소래포구잖아요
소래가 여기 말고 어디 있어요?
부천 쪽 소래읍이요
아~신천리

경기도 시흥이요
금천구 시흥이잖아요
안산 쪽 시화요?
시흥 은행지구요
아~신천리

시흥군 소래읍

뱀내장터에 마을이 들어서고 병원이 들어왔다.
밤나무, 리기다소나무는 흔적도 없이 사라지고,
소가 자라던 목장엔 아파트와 마트가 자리 잡았다.
뱀내는 시멘트에 덮여 주차장이 되고,
겨우 남았던 은행마을은 이름까지 잃고
아파트 단지 아래 묻혔다.
개발이 곧 발전이란 생각 때문에
추억이 하나둘 사라졌다.
호조벌도 길마재도 이런 꼴이 나겠지.

길마재

안현(鞍峴)동입니다.
강화슈퍼 옆으로 난 길로 들어가
조금만 걷다 보면
'김치인' 묘가 보입니다.
걸어서 가면 쉬운데
택시기사는 헤매는 곳이기도 합니다.
팽나무 한그루와 우물이 재 너머에 있습니다.
나무 허리에 뱃머리를 동여매고
우물에서 물을 길었겠죠.
'민진원'이 호조벌을 일구지 않았다면
소래포구처럼 유명해졌을 곳입니다.
바닷길이 막힌 지 삼백 년
물길 따라 인심도 변하는 것을
말안장 닮은 고개
길마재는 알고 있습니다.

팽나무

사백 년 된 팽나무의 죽음은 하늘의 뜻이었을까.
바람에 씨가 날아와 싹이 텄던 그 자리에서 죽음을 맞이했다.
바닷길이 막히고, 갯벌이 들판으로 변해도
수천 번의 태풍을 견뎌내며 지금까지 자리를 지켰다.
바람이 지나가던 들판에 아파트 단지가 들어섰다.
사람들이 들어와 살기 시작한 여름,
불어온 태풍에 뿌리가 뽑혔다.
갈 길을 잃고 몰려든 사나운 바람에
사백 년 흔적이 한순간에 날아갔다.

지렁이 우는 소리

마을 초입에 서 있는 수령이 사백 년이나 지난 나무는
수많은 가지를 펼쳐 사람들에게 그늘을 만들어 주고 있었다.
뿌연 안개비가 내리는 날이었다.
할 말이 있는 듯 이파리들이 호조벌에서 불어오는 바람에
살랑댔다.
나무 밑동은 물기에 젖어 땅거미처럼 어두워 속을 감추고 있는 과
묵한 사람 같았다.
잔가지에 붙어 있는 잎사귀들이 바람에 따라 소리를 냈다.
순간 미세하게 움직이는 바람결이 내 속에서 느껴졌다.
뿌리 내린 자리, 바로 그 자리에서 죽음을 맞을 그 나무는
내가 어디에서 왔는지 묻고 있었다.
어느새 땅거미가 차올랐다.
지렁이 우는 소리가 들려오기 시작했다.

자기소개

자기소개 하라고요.
자기(自己)가 누군데요.
저 자신(自身)을 말하는 것이라면
지금 눈에 보이는 모습이 바로 저입니다.
볼 수도 없고, 보이지도 않는 날
어떻게 말해야 하나요.
문을 여는 순간
이미 전 절반을 소개했습니다.
방금 소개한 사람 이름 석 자도
잘 기억하지 못하는데,
굳이 해야 하나요.
두어 번 보고, 말을 듣고 나면
저절로 알게 될 텐데요.

측은지심

남의 고통, 어려움을 차마 외면하지 못하는 마음이 측은지심이다.
곧 인(仁)이다.
꽁꽁 얼어붙은 운동장에서 진행된 첫 번째 졸업식,
시린 귀를 언 손으로 비비며, 얼어오는 발을 동동거리던 그 날을
지금도 난 생생하게 기억한다.
단단히 차려입고 단상에 앉아 있던 귀하신 분들이
열 살 또래 아이들 고통을 한 번이라도 생각했다면
그렇게 하지는 않았을 것이다.
아이들 처지는 관심 사항도 아니고, 중요하지도 않은,
예전에 했던 대로 행사만 마치면 끝이라는 생각 없는
추종자일 뿐이었다.
눈곱만치도 아이들을 헤아려 보지 않은 사람을
어찌 어른, 스승이라고 할 수 있을까.

말더듬이

머릿속에 맴도는 단어가
입으로 나오질 못해
첫 마디가 힘들었다.
긴 숨을 들이쉬고,
몇 번을 되뇌고 나서야 겨우 뱉을 수 있었다.
사춘기가 지날 때까지
말을 하지 않는, 말이 없는 아이였다.
대신에 많은 책과 이야기하며 지냈다.
한평생 살면서 내뱉는 말은
그 양이 정해져 있나 보다.
요즘 들어
말 많다고 핀잔을 듣는 것을 보면
맞는 말이다.

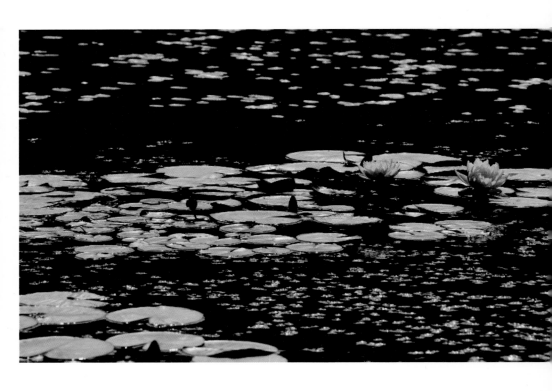

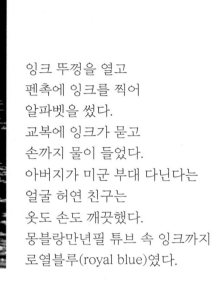

로열블루(royal blue)

잉크 뚜껑을 열고
펜촉에 잉크를 찍어
알파벳을 썼다.
교복에 잉크가 묻고
손까지 물이 들었다.
아버지가 미군 부대 다닌다는
얼굴 허연 친구는
옷도 손도 깨끗했다.
몽블랑만년필 튜브 속 잉크까지
로열블루(royal blue)였다.

두 번째 이야기

추억은 감미롭지도
고통스럽지도 않아
그저 살아온 기억일 뿐

18 年下

여자가 용띠라지
열여덟 살이나 어린
핏덩이라 망설여져
어린 여자 좋아하면서
왜 그래
걔가 꽃 들고
사무실 찾아왔을 때
눈알이 핑핑 돌아가던데
꿈 한번 꿔보셔
18 年下

자목련

봐야 할 사람 봐야 해
만나야 할 사람 만나야 해
머릿속에선 그렇게 했다.
자목련 바라보다
거기에 있길

마음속에선 그렇게 바랐다.
땅거미 지는 하산 길에
따뜻한 차 한잔하자면
그 사람 볼 수 있을까.

애인

진눈깨비 내리는 날
막걸리 한잔할 사람
이런 날 어때하고 톡을 보내면
올 수나 있어
미친놈
진눈깨비 내리는 날
나만 미쳤구나

두려움

내 마음속 그의 존재가
점점 희미해진다는 거
그의 마음속 내 존재가
영영 사라져 버린다는 거

초승달

저녁밥을 먹고 마당에 나온 아이는
초승달을 보고 소리쳤다.
"수박껍질이다."
수없이 봤던 초승달은
언제나 미인의 눈썹이었다.
사람의 눈썹이 초승달 같은지 눈여겨보지 않았고
초승달을 보면서도 다른 모양을 생각하지도 않았다.
난 배운 대로만 보고 살았다.
사람이 모두 다른 것처럼
보는 달도 모두 다르다는 것을
아이에게서 제대로 배웠다.

마광수

즐거운 사라, 가자 장미여관이란 글로 세상을 놀라게 한
마광수가 죽었다.
같은 야한 소설을 써도 하루키는 노벨상 후보가 되고,

마광수는 죽음을 선택했다.
우리는 자유로운 표현을 포용할 수 있는 성숙한 사회인가?
'마광수 영면하다'라는 기사에 붙은
댓글이 날 부끄럽게 한다.

행복한 세상

배운 사람들이 넘쳐나고
국민소득이 삼만 불이나 되는 시대가 되었지만
이웃이 누군지 모르고 사는 세상
낮은 곳에 사는 사람을 외면하고,
옆에서 굶주림에 사람이 죽어도 모르는 무관심한 사회
조금 덜 먹고, 헐벗어도
서로가 배려하면 모두가 행복한 세상

어쩔 수 없는 세상

맑은 물과 하늘, 녹색 숲이 어우러진 곳
다녀온 지 한 달 후 지진이 났다.
물은 흙색으로 변하고, 계곡은 무너져
아름다움을 잃었다.
젊은 시절 수려하고, 깨끗했던 사람
자신의 소신을 지키려다
잊힌 사람이 되었다.
잊히지 않기 위해 변절하고,
버티다 힘에 무너지는 것도
어쩔 수 없는 일
사람이나 자연이나
자신을 지키기 어려운 세상

카사블랑카

바바리코트를 입은 남자와
아홉 번을 이혼했다는 여자가 주인공인 1942년 영화
포르투갈이 16세기에 토착민 베르베르족 마을에 만든
하얀 집이란 뜻을 가진 모로코의 항구 도시
향기로 온 마당을 소리 없이 뒤덮는 순백의 백합
카사블랑카

개여울

'당신은 무슨 일로 그리합니까
홀로이 개여울에 주저앉아서
파릇한 풀포기가 돋아나오고'
그때는 소월의 시에 잘 어울리는 감미로운 노래였을 뿐
아이유의 첫 소절이 나오는 순간
먹먹하고, 눈물이 난 까닭은
머리를 세게 만든 세월의 야속함이 아니라
그때는 알지 못했던 애절함에
생감자를 먹은 듯 아려왔기 때문이다.

봄

온통 세상이 노래
노란 세상에 하얀 나비
향기만 찾아다닌 탓에
물이 들지않았어
세상엔 나비만 나는 게 아닌데
노란 물이 든 난
언제쯤 향을 찾아 날아갈까

향수

양귀비 닮은 빨강 꽃이 있는 향수
여자는 꽃과 향을 좋아한다는 말에
그 향수를 샀다.
여자가 좋아하는 것과 마음을 주는 것은
다르다는 사실
향수병이 서랍에서 사라졌을 때 알았다.
여자의 마음을 잡는 건
오직 사람의 향기뿐

몰라

누가 그린 그림인데
그렇게 비싸
고갱이 그렸대
피카소보다 비싼 그림이래
왜 비싼 건데
몰라

그리움

감추고 싶어
보여주기 싫어
들킬 수 있다는
두려움 때문에
흔적 없이 찢어 버렸어
있지도 없지도 않은 것

나이 든 거

뭔 이야기였지
어제 들은 거
무얼 이야기 한 거지
어제 말한 거
변한 건 단 하나
나이 든 거

세 월

한 장밖에 남지 않은 달력을 떼 내고
끝이 자꾸 말려 올라가는 새 달력을 달았다.
난로 속에 던져진 헌 달력은
불이 붙어 사라졌다.
활활 거리던
불길도 어느새 사위고
재만 남긴 채 사라졌다.
시간의 흔적이
있기나 한 건지
어김없이 남은 건
한 장 남은 달력이었다.

붙들이

제발 이승에 붙들어 달라고
너무나 간절해서 이름이 되었다.
동생이 태어나자
엄마는 이승의 끈을 놓쳐버렸다.
뭔 운명이 그런지
이름이 다른 동생은 사십도 안 돼 하늘로 갔다.
잦은 병치레에
늘 이승과 저승을 넘나들었지만
이승에 끈이 있어
아직도 붙들고 있다.

그때처럼 그랬다

젊은 사람들이 최루가스에 괴로워할 때도
나라를 망치는 놈들이라고 했다.
뒷돈 받고, 불의에 눈 감으면서도
좋은 게 좋은 거라고 당연한 듯 말했다.
촛불이 광화문 네거리를 가득 채웠는데도
나라를 지키는 건 자기뿐이라고
그때처럼 그랬다.

세 번째 이야기

렌즈로 본 세상이나
눈으로 본 세상이
모두 같아

나

난 세상을 삐딱하게 보고, 의심의 눈초리로 무엇이든 바라보는 사람, 착한 사람보다는 못된 사람, 순종적이기 보다 반항적인 사람이었다. 못됐다는 말을 듣지 않았지만, 큰 소리를 내거나 앞장서 나서지도 못했다. 그러면서도 속으로는 생각하고, 의심했다. 세상이 이상하게 돌아간다고 느낀 사춘기 때부터 1호선 지하철 선풍기 돌아가는 소리도 의심했다.

그러면서 담백하고, 소탈한 사람으로 행동했다. 내가 하는 행동이 천박하고, 품위 없어 보인다고 해도 상관하지 않았다. 대신에 잘난 척하는 사람, 권위를 내세우는 사람을 경멸했다. 편견과 선입견에 사로잡혀 자신만 옳다고 주장하는 사람도 거리를 두었다. 그래서인지 내가 만난 사람은 담백하고, 편한 느낌을 주는 이가 대부분이었다.

순수하고, 편했던 사람들을 떠 올린다. 세상을 살맛나게 하는 사람을 또다시 만나길 기대한다.

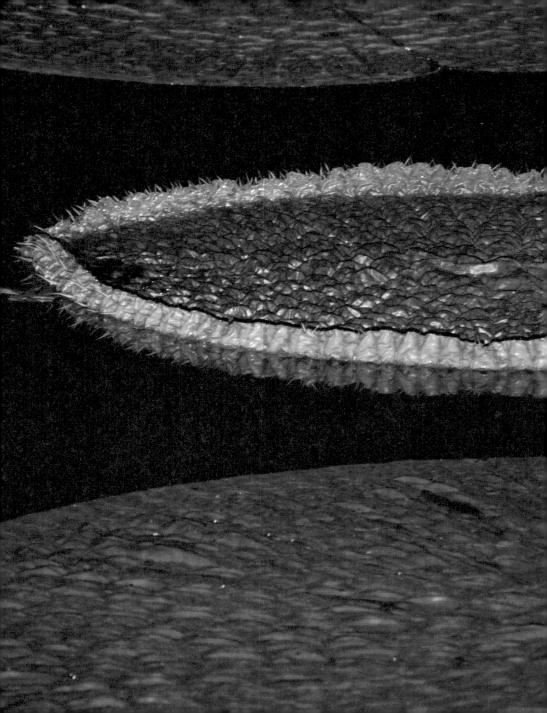

우수

설이 지나면 우수다. 우수가 되면 두껍던 물꼴 얼음도 녹기 시작하고, 땅 기운도 풀려 나뭇가지에 물이 오른다.
다른 나무보다 물이 일찍 오르는 고로쇠나무는 이때부터 수액을 채취하기 시작한다.
대부분 나무는 물이 오르지 않아 이때 가지를 쳐 준다.
가지에 물이 오르고, 꽃눈이 기지개를 켤 때는 나무를 그대로 두는

편이 낫다. 그때 하는 가지치기는 나무에 고통을 주기 때문이다.
이처럼 사람도 내보낼 때와 불러올 때를 가려야 한다.
회사를 살린다고 시도 때도 없이 사람을 잘라내는 것은
회사는 물론 많은 사람에게 상처와 고통을 준다.
한겨울엔 사람을 내치지 않고, 날이 풀린 뒤 처지에 따라
사람을 내보낸 옛사람의 지혜는 자연과 많이 닮았다.

유월 어느 날

비가 온다는 예보와 달리 날씨는 화창했다. 아침 일찍 깎은 잔디 마
당은 깔끔하고, 산뜻했다. 베란다를 타고 마당 주변을 장식했던 하
얀 장미는 어느새 꽃잎이 마르기 시작했다. 꽃이 질 때가 되면 몰골
이 흉하게 변하는 것을 알고 있었지만, 이번엔 달랐다.
마치 속이 썩은 듯 변해 가고 있었다.
자세히 살펴보니 꽃송이마다 까만 풍뎅이들이 둥지를 틀고 있었
다. 풍뎅이는 우리 집 잔디 마당을 자신의 애벌레가 살아가는 터로
사용하기 위하여 장미 향기와 장미꽃잎의 부드러움을 마음껏 즐기
며 사랑을 나누고 있음이 분명했다.
눈에 거슬리는 가지를 잘라냈다. 풍뎅이 보금자리가 가위 끝에서

사라져도 어쩔 수 없는 일이었다. 힘들게 가꾼 잔디밭이 풍뎅이 애벌레로 망가지는 것을 용납할 수 없었다. 이렇게 한다 해도 장마가 끝나고 무더운 여름이 오면 잔디밭은 온갖 벌레들의 놀이터로 변할 것이다.

소동 뒤에 오는 것

오후 세 시가 조금 지난 시간이었지만, 짙은 어둠과 함께 굵은 빗줄기가 세차게 몰아치기 시작했다.
삽시간에 온 세상이 검게 물들고, 날카로운 번개가 검은 하늘을 찢어 버릴 듯 번쩍거렸다.
천지를 뒤흔드는 천둥소리에 소름이 돋아 올랐다.
어둠을 가로질러 떨어지는 천둥소리가 너무 거세, 몸이 흔들릴 정도였다.
늘 그렇듯이 이런 공포에서 내가 쉽게 벗어날 수 있는 것은
요란스럽게 찾아온 한바탕 소동 뒤엔
어김없이 가을이 모습을 드러낸다는 사실이었다.

조롱박

앞뜰에 열린 조롱박은 손에 들어올 정도로 작았다. 손질하는데, 여간 힘이 드는 것이 아니었다. 톱으로 한 귀퉁이를 잘라낸 다음, 솥에 넣고 삶아 냈다. 그것을 꺼내 찬물에 담아 식힌 후 속을 파내고, 숟가락으로 감자 껍질 벗기듯 얇은 껍질을 칼로 벗겨 냈다. 이렇게 해야 겉은 매끄럽고, 옅은 노란색을 띤다.

손질을 끝낸 조롱박을 데크 위 나무 의자 위에 가지런히 널었다. 비가 오지 않으면 거실보다 바깥이 잘 마를 거로 생각했다. 해마다 마

른 수건으로 물기를 닦아 낸 후, 종이 위에 올려놓고 거실에서 말렸었다.

기대와는 달리 조롱박 겉엔 검은 반점과 곰팡이가 폈다. 습한 바람과 새벽안개가 원인인 듯했다. 물에 담가 수세미로 겉을 닦아 냈지만 그대로 얼룩으로 남았다. 마지막까지 한 가지라도 소홀히 하면 예쁜 조롱박을 얻을 수 없다는 것을 또 하나 배웠다.

콩깍지

잎이 떨어지고 깍지가 벌어졌다.
말라버린 깍지는 손길이 닿자마자
알맹이를 사방으로 튕겨 냈다.
콩대를 베지 않고 뽑아야 할 이유가 여기에 있었다.
양지바른 베란다로 콩대를 옮길 때마다 후드득 콩알이 떨어졌다.
일주일 늦게 심은 것은 잎이 마르지 않았다.
콩이 익을 만큼 시간이 흐르지 않았음이다.
시간이 흐르고, 때가 되어야 열매가 여무는 것이 자연의 섭리다.
모양만 보고 익었다고 딴 열매는 먹지 못하고, 버려지는 법이다.
능력이 있으면 발탁되는 세상이라지만 모양만 보고,
겪어 보지도 않고서 어떻게 사람을 알까?
사람도 익을 만큼 시간이 흐르고, 때가 되어야 쓸모가 있는 것이다.

아궁이 앞에 앉아

묶여 있던 콩대를 사랑채 아궁이 앞으로 옮겼다.
아궁이 가득 콩대를 집어넣고 불을 지폈다.
제법 화력이 좋고, 불길이 오래 갔다.
부지깽이로 타들어 가는 콩대를 이리저리 휘저으며,
두부를 만들 때 장작이 아닌 콩대를 태워 화력을 조절하던 조카의
모습이 떠올랐다.
콩대, 콩, 두부가 조화를 이루는 모습이 참으로 놀랍다.
밭에 쌓아 놓고 불을 질렀던 작년엔 알지도 느끼지도 못했다.
아궁이 앞에 쭈그리고 앉아 콩대가 타들어 가는 모습을 보면서,
세월이 콩대 타들어 가는 것만큼 빠르다는 사실에 화들짝 놀랐다.
아궁이 밖으로 나온 불기운이 슬금슬금 가랑이 사이로 기어들어
왔다. 가을걷이에 지친 몸이 오뉴월 쇠불알처럼 축 늘어지기 시작
했다.

가위눌리다

붉은 물결 속에서 검게 물든 한강 너머는 빛으로 반짝였다.
어릴 땐 반짝이는 것은 모두 별이라고 생각했다.
교회 마당에서 뒤란 소국이 어렴풋이 보였다.
노란색이 어둠에 묻혀 빛을 잃었다.
열어젖힌 방안은 냉기가 가득했다.
방바닥에 요와 두꺼운 이불을 깔았다.
솥에 쌀을 안치고 프로판가스 불을 댕겼다.
김빠지는 소리와 함께 밥 냄새가 퍼지기 시작했다.
밥 한 공기에 김치 하나, 나 혼자였다.
이불 속에 몸을 넣자 등에서부터 온기가 스멀스멀 올라왔다.
문지방을 넘는 인기척이었다.
소매라도 잡으려고 젓는 손엔 아무것도 잡히지 않았다.
옴짝달싹할 수 없이 허우적댔다.
허연 여명만 창에 걸려 있었다.

겨울 채비

솎아베기해 놓은 산에는 잘린 나무들이 여기저기 널브러져 있었다. 엔진 톱은 다행스럽게도 두 번의 댕김으로 시동이 걸렸다. 손목 굵기 정도의 나무를 골라 난로에 들어갈 만한 길이로 잘라냈다. 자르고, 옮기고, 차에 싣고를 반복한 끝에 화물칸이 땔감용 나무로 채워졌다. 톱밥으로 범벅이 된 몸은 노곤했다. 조수석에 앉은 아내는 영락없는 시골 아줌마였다. 아내는 통명스럽게 내뱉었다.
"어 휴, 힘들어, 차라리 사는 게 낫겠다!"
어릴 때, 어머니는 뜨거운 열기가 식기 시작하는 늦여름부터 매일, 산에서 사람 키만 한 나뭇단을 머리에 이고 왔다. 찬바람이 불 때가 되면 겨우내 사용할 만큼의 땔감이 쌓이고 그 고된 일은 끝이 났다. 마당 한 곁 처마 끝까지 차곡차곡 쌓인 나뭇단을 바라보던 어머니의 마음이 느껴지는 가을 저녁이다.

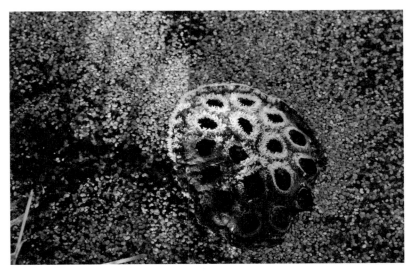

113

나무의 서열

오월이면 하얗게 꽃이 피는 이팝나무는 청계천 주변에 처음 심어진 후 다른 도시로 널리 퍼졌다. 당시 청계천 복원공사를 추진한 시장의 고향 나무이기 때문에 선택되었다는 소문도 있었다.

이팝나무와는 달리 팔월에 노란 꽃이 피는 회화나무는 나뭇잎이 아카시를 닮았다. 옛날부터 중국에서 온 선비 나무라는 위세 때문에 백성은 심지도 못했다. 종로에서 인사동으로 들어가는 초입에는 여러 그루의 회화나무가 우뚝 서 있다. 길가에 있는 가로수를 조금만 관심 있게 보면 이팝나무나 회화나무를 쉽게 찾을 수 있다.

나루터 우물가에 서서 목마른 백성의 그늘이 되었던 팽나무는 잘난 배경이나 명성이 없는 탓에 시골에서나 겨우 볼 수 있다. 묵묵히 자리를 지키며, 자기 일을 다 하는 팽나무를 어디에서나 볼 수 있는 날이 언제 올지 모르겠다.

개 두 마리

나이가 들면 누구나 몸속에 두 마리 개가 자란다.
편견과 선입견이다.
자기주장만 옳고, 다른 의견은 틀리다고 고집하는 개들이다.
경험과 지식이 얄팍한 사람일수록 더 사납게 날뛴다.
개소리에 눈물 흘리고, 가슴이 찢어지는 사람이 있다는 것을
알지 못한다.
다른 시각으로 세상을 보고, 바뀐 세상을 이해하려는 마음엔
개가 자라지 못한다.
다른 사람의 말을 많이 듣고, 세상을 따뜻하게 바라보며
새로운 것을 끊임없이 배워야 할 나이가 되었다.

단일민족

하나의 인종이 한나라를 이루는 단일민족국가
우리나라를 포함하여 일본, 이스라엘, 터키, 몽골 등이 있다.
사람의 왕래가 활발하여 이곳저곳에 뿌리내리는 세상
여러 민족이 어울려 사는 다문화 시대
백칠십만 명이나 되는 외국인이 이 땅에서 함께 숨 쉬며 산다.
피부 색깔이 조금 다를 뿐
인종이라 부를 만한 유전자 간 차이가 존재하지 않는다는 것을
인간게놈 프로젝트가 밝혀냈다.
세계 모든 사람은 하나의 종
단일민족국가는 과학적으로 존재할 수 없다.
다른 나라 사람이 나와 다름은
또 다른 나의 모습일 뿐이다.

잡초 같은 인생

잡초 씨는 매끈한 채소 씨와 다르다. 바람에 날려가도록 털이 있고 작다. 땅에 떨어지면 햇빛이 있고, 습도와 온도가 맞으면 싹이 튼다. 채소처럼 사람이 흙을 덮어 주지 않아도 된다. 이런 이유로 검은 비닐을 밭에 덮어 잡초를 막는 것이다. 이렇게 사람의 손길 없이 자란 잡초를 날로 먹으면 탈이 날 수 있다. 먹을 수 있는 것이라도 삶거나 말려 독성을 빼고 먹는다.

부모나 남의 도움 없이 열악한 환경을 스스로 이겨내며 자란 사람을 가끔 본다. 이런 사람은 어디에서 무엇을 하든 잘 적응하고, 거센 바람 같은 세파에도 끄떡없이 견디며 뿌리내리고 산다. 잡초 같은 인생이란 이런 사람을 말하고, 독하다는 말도 덧붙인다. 그가 겪었던 절망과 좌절을 이해할 수도, 이해하려 하지도 않으면서 겉으로 드러난 모습만 본 탓이다. 잡초같이 자라 온 인생이라도 독기를 부드러움으로 바꾸는 지혜가 필요하다. 더불어 사는 세상에선 독한 것보다 순한 것이 환영받기 때문이다.

행복한 사람

자식복, 남편복, 재복없이 사는, 동네에서 가장 가난한 사람이었다. 남의 밭일을 해주고 받은 먹을거리가 있으면, 나에게 건네주곤 했다. 쓰레기 더미에서 주은 장난감 피아노로 연습해서 찬송가를 연주한 날, 그녀는 천하를 얻은 듯 좋아했다. 환한 웃음과 행복은 대체 어디에서 온 것일까.

처복, 재복은 물론 아들이 사고 쳐 졸지에 할아버지가 된 난 자식복조차도 없는 사람이라고 생각했다. 잘나가는 사람을 부러워하고, 하나라도 더 채우려고 했다. 걸인에게 잔돈을 주거나, 지하철 상인의 물건을 사주는 사람을 탓하며 도움을 청하는 손을 뿌리쳤다..

후한 사람은 늘 성취감을 맛보지만 인색한 사람은 먹어도 늘 배가 고프다는 사실을 난 모르고 살았다. 가진 것을 비우면 비울수록 행복하고, 비워진 곳엔 더 많은 복이 찬다는 것을 그녀를 만나 알게 되었다.

등가의 법칙

정년을 팔 년이나 남겨둔 오십 초반에 회사는 나를 버렸다.
현실에 타협해서 남이 싫어하는 일도 하고,
내가 싫은 것도 했으면
조금 더 남아 있었을까.
힘을 가진 사람을 찾아다니며 부탁했으면,
이, 삼 년은 더 붙어 있었을지도 모른다.
그 대신
이 사람 저 사람 눈치 보며
마음 불편하게 살았을 터,
지금 누리는 자유와 행복을 찾지도 못하고 헤맸을 것이다.
잃는 게 있으면 얻는 것도 있는 법이다.

왜 그러고 다녀

초판 발행일 **2020년 1월 15일**

지은이 **박석준**　사진 **오현석**
발행인 **김미희**
펴낸이 **몽트**

출판등록 **2012.12.20 제 2014-0000-38호**

주소 **안산시 단원구 고잔로 23-12**
전화 **031-501-2322** 팩스 **031-501-2321**
메일 **memento33@menthebooks.com**

값15,000원
ISBN 978-89-6989-053-5 03810

www.menthebooks.com

「이 도서의 국립중앙도서관 출판예정도서목록(CIP)은 서지정보유통지원시스템 홈페이지(http://seoji.nl.go.kr)와
국가자료공동목록시스템(http://www.nl.go.kr/kolisnet)에서 이용하실 수 있습니다. (CIP제어번호 : CIP2020000502)